# JOYAUX

## APPARTENANT A MADAME S...

*Princesse Stourdza*

# JOYAUX

Appartenant à Madame S***

# CONDITIONS DE LA VENTE

Elle sera faite au comptant.

Les adjudicataires paieront **dix pour** cent en sus des enchères.

Les poids des perles montées ne sont indiqués dans le catalogue qu'à titre de renseignement et sans garantie.

L'exposition mettant le public à même de se rendre compte de l'état et de la nature des objets, aucune réclamation ne sera admise une fois l'adjudication prononcée.

Paris. — Imp. Georges Petit, 12, rue Godot-de-Mauroi. — 2563-14.

# CATALOGUE

DES

# JOYAUX

## COLLIERS DE PERLES

### PARURES EN PERLES

*Diadèmes — Bijoux de Corsage — Bracelets*
*Boutons et Bagues*

EN PERLES, BRILLANTS ANCIENS
ET PIERRES DE COULEUR

Appartenant à Madame S***

ET DONT LA VENTE AUX ENCHERES PUBLIQUES AURA LIEU

## HOTEL DROUOT, Salles Nᵒˢ 9 et 10

### Les Lundi 16 et Mardi 17 Février 1914

*à deux heures précises*

---

COMMISSAIRE-PRISEUR

## Mᵉ F. LAIR-DUBREUIL

6, rue Favart, 6

EXPERTS

## FALIZE

ANCIENS JOAILLIERS DE LA COURONNE DE FRANCE

17, rue du Faubourg-Saint-Honoré, 17

---

## EXPOSITIONS

PARTICULIÈRE : *Le Samedi 14 Février 1914, de 1 h. 1/2 à 6 heures.*
PUBLIQUE : *Le Dimanche 15 Février 1914, de 1 h. 1/2 à 6 heures.*

# ORDRE DES VACATIONS

---

## Le Lundi 16 Février 1914

Tous les numéros *impairs*.

---

## Le Mardi 17 Février 1914

Tous les numéros *pairs*.

## Désignation

---

## COLLIERS

1 — Magnifique collier de sept rangs de perles, comprenant quatre cent trois perles, pesant environ 3.680 grains, avec muguets en brillants et grand fermoir ornemental en brillants.

Ce collier pourra être divisé.

Premier rang : Quarante-sept perles, 360 grains.
Deuxième rang : Quarante-neuf perles, 396 grains.
Troisième rang: Cinquante-trois perles, 448 grains.
Quatrième rang: Cinquante-sept perles, 500 grains.
Cinquième rang : Soixante-et-une perles, 570 grains.
Sixième rang : Soixante-cinq perles, 652 grains.
Septième rang : Soixante-et-onze perles, 754 grains.

Le fermoir en brillants.

2 — SPLENDIDE COLLIER de joaillerie articulée, comprenant quinze très beaux brillants montés sur rosaces en brillants, avec accompagnement de feuillages.

3 — SUPERBE RIVIÈRE, composée de trente-quatre brillants montés sur chatons à griffes, avec fermoir formé d'un brillant.

4 — TRÈS JOLI COLLIER, formé d'un pendentif de saphir et d'un tour de cou, de cent cinquante-trois petits chatons brillants, à serti clos.

Le pendentif est composé d'un grand et beau saphir de Ceylan, rectangulaire, à pans coupés, entouré de trente-six petits brillants et accompagné de trois pampilles de brillants poires, celle du milieu surmontée d'un brillant carré.

5 — PETITE RIVIÈRE composée de cinquante-sept brillants à « serti mille grains », avec fermoir formé d'un brillant.

6 — IMPORTANT COLLIER composé de vingt-sept perles bronzées et agrémenté de petits barillets en brillants, formant entre-deux.

7 — GRACIEUX COLLIER de petites perles
montées en résilles avec ornements en
joaillerie, — et supportant un disque en
platine ajouré, enrichi, au centre, d'une
perle blanche bouton et, tout autour. de
quarante-deux petites perles blanches
et rondes d'Orient.

8 — SAUTOIR formé d'une petite chaine
forçat, en platine, et enrichi de dix-huit
perles blanches et rondes d'Orient et de
dix-huit brillants alternés (long., 1<sup>m</sup>55).

9 — COLLIER, DIT DE CHIEN, composé de
douze rangs de petites perles blanches.
Ce collier est agrémenté de trois barrettes et d'un fermoir, sertis en brillants.

10 — COLLIER, DIT DE CHIEN, composé de
quatorze rangs de petites perles baroques,
— et orné de quatre barrettes et d'un
fermoir sertis en roses.

11 — GRANDE CRAVATE, formée d'une torsade
de perles bayadères et terminée par deux
glands de perles bayadères, avec culots
sertis de rubis.

# DIADÈMES

## PEIGNES ET ÉPINGLE DE COIFFURE

12 — MAGNIFIQUE TEMPORAL, composé d'une perle blanche pesant 83 grains 40 et d'une perle noire pesant 92 grains, suspendues à un arc de brillants finement sertis, et pampillant comme deux gouttes sur le côté du front.

Les perles sont surmontées chacune de deux brillants blancs, en forme de poire, disposés comme des feuilles à côté d'un fruit.

13 — SUPERBE DIADÈME, composé de guirlandes en petits brillants sur platine. Dans les entre-deux de feuillages fleuris, huit perles poires blanches d'Orient pampillent en gouttes dans un entourage mobile de petits brillants.

Ce diadème est enrichi de neuf très beaux brillants ronds, posés en fleurons.

14 — Très joli bandeau, composé de trois perles poires blanches et de deux perles poires noires, alternant, accompagnées à la base par deux perles blanches boutons, et trois ravissantes perles noires boutons, alternant en sens inverse.

Le bandeau et les ornements sont sertis en brillants.

15 — Important diadème, composé d'une frise de brillants sertis à drageoir et posés sur une résille de platine ajouré, bordée d'ornements en diamants.

Travail de joaillerie démontable, pouvant former broche, boucle, bagues et pampilles.

16 — Aigrette, à cinq branches, ornée de vingt-deux brillants et posée sur un bandeau, — enrichi, au centre, d'un gros brillant avec entourage, — et formé de quatre ailes de papillon, serties en brillants.

17 — PEIGNE, d'écaille blonde, agrémenté d'un lacet en petits brillants, formant arcades, avec quatre perles blanches boutons, posées en entre-deux.

18 — PEIGNE, d'écaille blonde, bordé de brillants sertis et orné de cinq perles blanches et de quatre brillants ronds, disposés en couronne.

19 -- PEIGNE DE NUQUE, en écaille blonde, décoré d'un ornement de fantaisie en diamants.

20 — ÉPINGLE A CHAPEAU, formée d'une perle blanche plate, sur encorbellement serti en brillants.

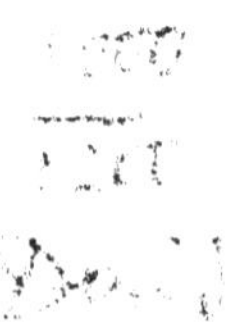

21 — QUATRE FOURCHES, en écaille blonde, enrichies, à la tête, d'une bordure en brillants. (Les deux grandes fourches ayant dix-sept brillants l'une, et les deux petites quinze brillants l'une.)

# DEVANT DE CORSAGE

## PENDENTIFS ET BROCHES

22 — GRAND DEVANT DE CORSAGE, composé
d'une perle blanche bouton et de trois
perles poires blanches, suspendues dans
une ornementation Louis XVI, — et de
rubans, de girandoles et de feuillages
sertis en brillants.

23 — SUPERBE PENDENTIF, formé d'une perle
blanche bouton, entourée de deux cercles
en brillants et d'une grosse perle poire
blanche, pampillant dans un double
entourage également en brillants et
ornementé à la base.

24 — TRÈS BEAU PENDENTIF, formé d'un
brillant blanc, en forme de cœur, et
d'une magnifique perle poire blanche
— et surmonté d'une couronnette en
brillants, agrémentée de neuf perles
blanches.

Ce bijou peut se porter également en
broche.

25 — RAVISSANT PENDENTIF, formé d'une perle noire d'échantillon et d'une perle blanche d'Orient, suspendues dans une guirlande de genre ancien. A la base, deux gros brillants et un petit brillant, tous trois en forme de poire.

26 — DÉLICIEUX PENDENTIF en perles, émeraudes et brillants.

Une perle blanche d'Orient est posée au centre d'une coquille en brillants, bordée d'émeraudes à la base, et sous laquelle s'attachent trois belles perles poires blanches, d'Orient.

Ce bijou peut se porter également en broche.

27 — TRÈS BEAU PENDENTIF, formé d'un splendide saphir de Ceylan, entouré d'un cercle de petits brillants et d'une collection de douze gros brillants blancs.

Ce bijou peut se porter également en broche.

28 — JOLI PENDENTIF, formé d'un carré tout
pavé en brillants et d'une perle bouton
montée au centre.

Cinq perles poires blanches, suspendues par des chatons en brillants, forment
pampilles.

29 — FERRET, composé d'une alternance de
quatre brillants et de quatre saphirs
emmaillés, et terminé par un très beau
brillant blanc, en forme de poire, bordé
de saphirs et suspendu sous un petit
nœud en brillants.

30 — PAMPILLE, formée d'un brillant brun,
en forme de poire, suspendu dans un
entourage mobile de petits brillants.

31 — PENDENTIF, composé de rubans, disques
et feuillages en brillants, sertis sur platine
avec agrémentation de huit petites perles
blanches.

Ce bijou peut se porter également en
broche.

32 — IMPORTANTE BROCHE, formée d'une grosse émeraude cabochon, dans un entourage de douze beaux brillants blancs.

33 — BROCHE, formée d'une émeraude taillée et d'un encadrement de quatre brillants, reliés par des rinceaux de joaillerie.

34 — BROCHE MACARON, formée d'une grosse perle blanche bouton, dans un cercle en brillants, avec un entourage de cinq grands brillants et de cinq pétales sertis en petits brillants.

35 — GRANDE BROCHE DE CORSAGE, en forme de caducée, entièrement sertie de brillants et surmontée d'une grosse perle blanche baroque.

36 — BROCHE, formée d'un S ornemental en brillants, agrémenté de deux jolis saphirs jumelés.

37 — BROCHE, formée d'un ornement serti
en roses et en brillants, et enrichie de
deux grosses roses taillées en forme de
poire.

38 — BROCHE-BARRETTE, formée d'un saphir
de Ceylan et de deux brillants blancs
taillés en poires.

39 — BROCHE CROISSANT, formée d'une double
rangée de brillants, en chatons sertis clos.

40 — BROCHE CROISSANT, formée d'une double
rangée de brillants, mi-sertis clos et mi-
sertis à griffes.

41 — BROCHE QUADRILOBÉE, formée d'une
perle blanche baroque et d'une décora-
tion de palmettes en brillants, sur platine ajouré.

# BRACELETS

42 — BEAU BRACELET, de style, formé d'une grande émeraude taillée, en applique dans un double entourage en brillants, — et d'un corps orné de lauriers et d'une bordure en brillants.

43 — CHARMANT BRACELET, composé de boules d'émeraude, taillées en forme de graines, avec terminaison d'une grosse émeraude lapidée de même sorte.

Petits entre-deux de boules en joaillerie.

44 — BRACELET, fil d'or coulissant, enrichi d'une importante perle bouton, dans un entourage de huit très beaux brillants.

45 — BRACELET rigide, fait de trois fils d'or accolés, s'ouvrant par deux charnières latérales, — et d'une applique de rinceaux en joaillerie, portant une magnifique perle blanche d'Orient.

46 — BRACELET souple, formé d'une chaînette de quarante-deux petits brillants à drageoir et d'une tête, portant une perle et deux gros brillants sertis à griffes.

47 — Bracelet, composé d'une chaînette
d'or enrichie d'un saphir cabochon et de
deux brillants blancs, en forme de poire.

48 — Bracelet souple, formé de sept sa-
phyrs et de huit brillants alternant,
emmaillés et terminés par une chaine
gourmette d'or.

49 — Bracelet souple, en or et platine,
formé d'une chainette de trente-huit
brillants à drageoir et enrichi, au centre, de cinq rubis alternant avec les
brillants.

50 — Bracelet souple, en platine, composé
de trois turquoises et de petits ornements sertis en brillants.

51 — Bracelet souple, à maillons d'or sertis de sept brillants, et agrémenté d'un
saphir et de deux brillants, formant
applique.

52 — Bracelet souple composé de trois
émeraudes cabochon et de deux brillants,
montés sur une chaine gourmette d'or.

# BOUTONS D'OREILLES

## ÉPINGLES ET BAGUES

53 — PAIRE DE BOUTONS D'OREILLES, formée de deux magnifiques perles blanches, avec entourage de douze brillants l'une.

54 — ÉPINGLE DE CRAVATE, formée d'une très belle perle blanche bouton.

55 — ÉPINGLE DE CRAVATE, formée d'une perle blanche et ronde. posée sur un petit brillant.

56 — TRÈS JOLIE BAGUE, composée d'une perle blanche bouton, d'Orient, et d'un brillant rond.

Le corps, en platine, est à demi serti en petits brillants.

57 — BAGUE HAUTE, formée d'un rubis
d'Orient entre deux brillants blancs,
sertis à griffes.

58 — BAGUE, formée d'un saphir avec entourage de quatorze brillants.
Corps en or ciselé.

59 — BAGUE, formée d'un brillant avec entourage de douze petits brillants, montés
sur or.

60 — BAGUE, formée d'un brillant carré
blanc, avec monture d'or à l'ancienne.

61 — BAGUE RIVIÈRE, formée de trois très
beaux brillants.
Corps en bijouterie d'or.

62 — BAGUE, formée d'un rubis d'Orient
cabochon, serti à drageoir et monté sur
un fil d'or.

63 — BAGUE, formée d'une perle, à demi
cachée par la monture d'or ciselé, décor
de marguerites.

# DIVERS

64 — BOURSE, en tissu d'or à mailles fines, avec compartiment.

Fermoir d'ornements ajourés, enrichi de six brillants et de sept turquoises.


65 — BONBONNIÈRE, en émail cloisonné, dite de « Nakamoura et Mimitsou ».

Le couvercle de la bonbonnière est décoré de deux hérons, posés sur un arbre en fleurs.

Travail japonais.